Este libro pertenece a:

. . . .

Título original: *Wild*

© 2013, del texto, las ilustraciones y los personajes: Emily Hughes
© 2013, Flying Eye Books
© 2014, de esta edición: Libros del Zorro Rojo
Barcelona – Buenos Aires – Ciudad de México
www.librosdelzorrorojo.com

Edición: Samuel Alonso Omeñaca
Traducción: Regina López Muñoz
Corrección: Martín Evelson
Maquetación: Marcela Castañeda

ISBN: 978-84-942473-4-7   Depósito legal: B-16127-2014

ISBN Argentina: 978-987-1948-43-7

Hughes, Emily
Salvaje / Emily Hughes
1a ed. - Buenos Aires : Libros del Zorro Rojo, 2014.
36 p. : il. ; 24x28 cm.

Traducido por: Regina López Muñóz
ISBN 978-987-1948-43-7

1. Literatura Infantil. I. López Muñóz, Regina, trad. II. Título
CDD 813.928 2

Primera edición: octubre de 2014
Octava reimpresión: octubre de 2019

Impreso en Polonia por OZGraf S.A.

El derecho a utilizar la marca «Libros del Zorro Rojo»
corresponde exclusivamente a las siguientes empresas:
albur producciones editoriales s.l.
LZR Ediciones s.r.l.

Salvaje

Emily Hughes

LIBROS DEL  ZORRO ROJO

Nadie recordaba cómo había llegado la niña,
pero a todos les pareció bien.

El bosque entero la aceptó como una más.

CRAAA

Pájaro le enseñó a hablar.

CRAAA

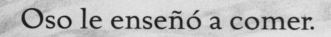

Oso le enseñó a comer.

Zorro le enseñó a jugar.

Ella los comprendía y era feliz.

Un día conoció a unos animales nuevos en el bosque...

La encontraron
extraña...

... y ella los encontró extraños
también.

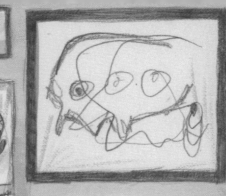

¡Todo lo hacían mal!

Hablaban mal.

Comían mal.

Jugaban mal.

Ella no los comprendía y no era feliz.

¡Estaba harta!

Todo el mundo recordaba cómo se fue la niña,
y a todos les pareció bien.

Porque no se puede domar algo
tan felizmente salvaje...

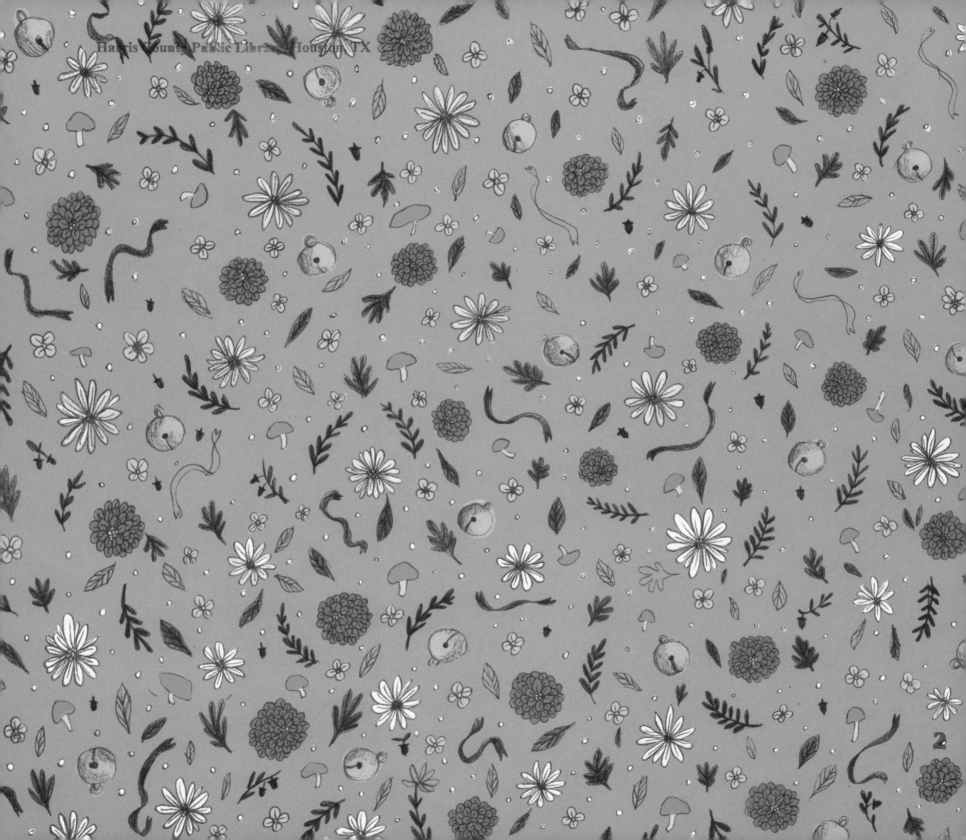